RÉPERTOIRE
DU THÉATRE MODERNE

AUTOUR DU LAC

COMÉDIE EN UN ACTE

DE

MM. HENRI CRISAFULLI ET JULES PREVEL

Représentée, pour la première fois, sur le théâtre du VAUDEVILLE
le 1er décembre 1868

Direction de M. HARMANT

Mise en scène de M. LÉON RICQUIER
régisseur général.

PARIS
E. DENTU, ÉDITEUR
LIBRAIRE DE LA SOCIÉTÉ DES GENS DE LETTRES
Palais-Royal, 17 et 19, Galerie d'Orléans.

1868.

AUTOUR DU LAC

COMÉDIE EN UN ACTE

DE

MM. HENRI CRISAFULLI ET JULES PREVEL

Représentée, pour la première fois, sur le théâtre du VAUDEVILLE
le 1er décembre 1868

Direction de M. HARMANT

Mise en scène de M. LÉON RICQUIER
régisseur général.

PARIS
E. DENTU, ÉDITEUR
LIBRAIRE DE LA SOCIÉTÉ DES GENS DE LETTRES
PALAIS-ROYAL, 17 ET 19, GALERIE D'ORLÉANS

1869

PERSONNAGES

PAUL DE WOLKOW, attaché d'ambassade...	MM.	PAUL VÉRET.
SCHNUPPE, professeur de musique		St-GERMAIN.
EVA DE MELCY (25 ans)......................	Mlles	LOVELY.
MADELEINE, sa femme de chambre		ROLLAND.

Clichy. — Impr. M. Loignon, Paul Dupont et Cie, rue du Bac-d'Asnières, 12.

AUTOUR DU LAC

Un salon élégant. — Porte au fond. — Portes et fenêtres latérales. — A droite, au premier plan, un piano.

SCÈNE PREMIÈRE

MADELEINE, seule

Assise devant le piano, elle promène ses doigts sur les touches sans leur faire rendre de son, et, lisant un cahier de musique ouvert sur la tablette, elle chante à mi-voix.

Dans les prés
Diaprés
Pourquoi fuir, ma belle ?
Dans les bois
Par ma voix
L'amour vous appelle !...

(Parlé.) Bravo, mademoiselle, bravo ! ma foi, puisque M Schnuppe, le professeur de madame, m'a proposé de me donner des leçons gratis... j'ai bien envie... (Entendant ouvrir la porte de droite, elle saisit vivement le plumeau qu'elle avait déposé sur le piano et elle se met à épousseter.) Oh ! madame !...

SCÈNE II

MADELEINE, ÉVA.

ÉVA, entrant.

Madeleine !

MADELEINE

Madame ?

ÉVA.

M. Schnuppe n'est pas encore venu ?

MADELEINE.

Non, madame.

ÉVA.

Ah ! je commence à avoir une peur !

MADELEINE.

Peur de quoi, madame ?...

ÉVA.

Eh ! vous savez bien !... ce concert qui a lieu dans huit jours... ce concert au profit des pauvres, où j'ai promis de chanter quelque chose... une ariette, un rien... A mesure que le moment approche, je tremble... je frissonne à l'idée de paraître devant le public.

MADELEINE.

Oh ! un public de bienfaisance !

ÉVA.

C'est égal, je n'ai pas l'aplomb d'une chanteuse de café-concert. (On sonne.) Ah ! on sonne... c'est M. Schnuppe... allez ouvrir ! Madeleine sort.

SCÈNE III

ÉVA, seule, courant au piano.

Vite !... qu'il me trouve au travail !...

Chantant en s'accompagnant.

Dans les prés
Diaprés
Pourquoi fuir, ma belle ?
Dans les bois
Par ma voix
L'amour vous appelle !...

SCÈNE IV

ÉVA, MADELEINE.

MADELEINE, rentrant.

Madame, c'est un jeune homme qui désire parler à madame...

ÉVA, toujours au piano, mais se retournant.

Un jeune homme !... son nom?...

MADELEINE.

Il ne veut pas le dire....

ÉVA.

Mais je n'ai pas l'habitude de recevoir des gens...

MADELEINE.

C'est ce que j'ai dit...

ÉVA.

Ah ! j'y suis !... un mendiant sans doute... quelque pauvre honteux.... Donnez-lui dix francs !

Madeleine sort.

SCÈNE V

ÉVA, puis MADELEINE.

ÉVA, seule, continuant de jouer et de chanter.

Que nenni !
Dit Jenny,
Je n'somm's pas si bête !
Au bois deux
Amoureux
Perdent tôt la tête !...

MADELEINE, rentrant.

Madame, je lui ai offert dix francs, il m'a donné cinq louis.

ÉVA, étonnée.

Ah ! et vous les avez pris ?...

MADELEINE.

Malgré moi, oui, madame !... j'étais tout interloquée... un mendiant si riche !... alors, profitant de mon trouble, il est parti comme une flèche, mais en disant qu'il va revenir...

ÉVA.

Revenir !... comment est-il, ce monsieur ?

MADELEINE.

Blond... assez joli garçon... vingt-cinq à vingt-six ans... des moustaches !... élégant... bien mis... (Clignant de l'œil.) enfin, très-gentil... (A part.) Je lui en donne pour ses cinq louis.

On sonne.

ÉVA, *se levant.*

Ah ! si c'est encore ce jeune homme, vous lui rendrez son argent et vous lui direz que je n'y suis pas... que je n'y serai jamais pour lui...

MADELEINE.

Bien, madame... (*A part.*) Ah ! quant à l'argent, ça me regarde... et je le garde... *Elle sort.*

SCÈNE VI

ÉVA, *seule, se promenant lentement.*

Singulier mendiant ! ce cadeau à ma femme de chambre... (*Rêveuse.*) Blond... joli garçon... élégant !... ce n'est pas une raison pour... Ah ! la solitude a ses dangers !... (*On entend du bruit à la cantonade.*) Quel est ce bruit ?.. (*Prêtant l'oreille.*) On se dispute... c'est lui !.. il force la consigne... Ah ! c'est trop fort !..

Elle rentre vivement à droite.

SCÈNE VII

MADELEINE, SCHNUPPE.

SCHNUPPE, *poursuivant Madeleine et la prenant par la taille.*

Buisque je fus tis que fus afez tes tisbositions !...

MADELEINE, *se dégageant.*

Voyons, laissez-moi, ou je me plaindrai à madame...

SCHNUPPE.

Buisque je fus tis que je fus afez tes tisbositions drèscrantes !... Le biano, il est blus vacile que le glarinedde !... je feux fus abbrendre le biano... Foyons, bedide esbiègle, quand fulez-fus que je fienne fus tonner fotre bremière eçon ?... le madin ?... le soir ?... à minuit ?...

MADELEINE.

La !.. vous voyez, vous n'êtes pas sérieux...

SCHNUPPE.

Gomment, je ne suis bas sérieux ?

MADELEINE.

Non. La première fois que vous avez voulu me faire tapoter

là-dessus, vous me preniez les mains sous prétexte de m'indiquer les touches... do, do, ré, ré, mi, mi... et je me suis aperçue que vous êtes un vieux farceur:...

SCHNUPPE.

Moi, un varceur?... Allons, pon!... Tout à l'heure, je n'étais bas sérieux... maintenant foilà que je suis un varceur?..

MADELEINE.

Je sais ce que je dis!...

SCHNUPPE

Ah! j'oupliais... je fiens de rengondrer tans l'esgalier un jeune homme qui était dans une crante colère... il barlait tut haut... il gesdiculait.. denez! gomme ça. (Il imite ses gestes.) Et, tans sa vureur, il a gassé sa canne gondre le mur... une ganne zuberpe... tont voici la moitié que j'ai ramassé bar derre... Il tire un bout de canne de dessous sa redingote.

MADELEINE, regardant le bout de canne.

Une canne à pomme d'or?...

SCHNUPPE.

Fus croyez que c'est te l'or?... je le grois aussi... J'ai gondinué à monter l'escalier... le jeune homme à la ganne gassée s'est arrêdé en me recartant, et au moment où j'endrais, je l'ai entendu murmurer : « Ah! il a de la chance, le fieux sinche!... »

MADELEINE, riant.

Je sais ce que c'est.

SCHNUPPE.

Fus le connaissez?...

MADELEINE.

Oui, c'est un tailleur pour dames... il venait solliciter la clientèle de madame; mais madame a son tailleur et elle n'a même pas voulu le recevoir.

SCHNUPPE.

Ce n'est bas une raison bour m'abbeler fieux sinche!

MADELEINE.

Il a été très-poli avec moi... il m'a donné cinq louis!...

SCHNUPPE.

Cinq louis!... en cagnent-ils te l'archent, ces dailleurs!... Bour être si chénéreux enfers les vemmes de chambre, ils toifent joliment se raddraber sur les glients!...

MADELEINE, l'imitant.

C'est bropaple !...

SCHNUPPE.

Moi, je cagne le mien honnêdement... j'habidais Fienne, mais je n'édais bas heureux... Las de direr la langue, je suis fenu à Baris, où je tonne tes leçons t'allemand, te musique et de nadation... la musique et l'allemand, ça ta bien, mais la nadation...

MADELEINE.

Il y a des mortes-saisons !

SCHNUPPE.

Ya. (Poussant un gros soupir.) Ah ! matemoiselle Mateleine, tans cinq ans j'aurai tes bédides égonomics... et si fus songez à fus marier...

MADELEINE.

Dans cinq ans ?... merci !... j'espère qu'avant ça...

SCHNUPPE.

Ah ! que fus êtes ponne !... (Avec ardeur.) Denez ! dud te suide, si fus fulez... je fus ébuse dud te suide !...

MADELEINE, riant.

Nous en recauserons !... chut ! voici madame !. .

Elle sort. — Schnuppe la suit des yeux.

SCÈNE VIII

ÉVA, SCHNUPPE.

ÉVA, entrant de droite.

Ah ! vous êtes en retard, monsieur Schnuppe.

SCHNUPPE.

Oh ! matame, jamais en rédard quand il s'agit de fenir chez ma meilleure élèfe... mais cette bedide espiègle de Mateleine qui me ragondait tes hisdoires... et elle est si gentille que, quand elle barle, j'ouplie dud et je l'écute puche péande !...

ÉVA, s'asseyant au piano, à part.

Oh ! oh !

SCHNUPPE, s'asseyant près d'Éva sur un pouff et poussant un gros soupir, à part.

Ah ! oui, elle est pien chendille !...

ÉVA.

Voyons, commençons !... c'est dans huit jours ce fameux concert... Ah ! j'ai une peur atroce...

SCHNUPPE.

Beur adroce ?... burguoi ?... fus chandez gomme un anche !...

ÉVA, l'imitant.

Gomme un anche !... gomme un anche !...

SCHNUPPE.

Ah ! fus fus moguez te moi, barceque j'ai une bédide agcent...

ÉVA.

Enfin, à la grâce de Dieu !... c'est pour les pauvres !... y êtes-vous !...

SCHNUPPE.

Oui, matame, j'y suis tuchurs !...

Il tire le bout de sa canne de dessous sa redingote et s'en sert pour marquer la mesure.

ÉVA, jouant et chantant

Dans les prés
Diaprés
Pourquoi fuir, ma belle ?
Par ma voix
Dans les bois
L'amour vous appelle ! (*bis*)

SCHNUPPE.

Drès-pien, drès-pien !... cebentant, si vous vaisiez ici un bedit boint t'orque !

ÉVA.

Mais il n'y en a pas dans la musique...

SCHNUPPE.

Ça ne vait rien... un bedit boint torque est tuchurs choli! quand il est bien exéguté... (Il essaye d'en faire un, mais il est arrêté par un couac.) Ah ! je l'ai manqué... oui, je l'ai manqué... mais fus, matame, fus le verez drès-pien, je fus assire. .

ÉVA.

Non, je ne crois pas... continuons !...

SCHNUPPE.

Gondinuons !..

Au moment où Éva recommence à chanter, une porte de gauche s'ouvre doucement et Paul de Wolkow entre sans bruit ; il parcourt le salon d'un coup d'œil, s'avance un peu, puis écoute chanter.

ÉVA, jouant et chantant.

Que nenni!
Dit Jenny,
Je n'somm's pas si bête!
Aux bois deux
Amoureux
Perdent tôt la tête!...

SCÈNE IX

LES MÊMES, PAUL.

PAUL, frappant dans ses mains.

Brava !... brava !.. brava !.. (Éva et Schnuppe se retournent avec effroi. Saluant respectueusement Éva.) Madame! ..

SCHNUPPE, à part.

Le jeune homme à la ganne!..

Il cache vivement le bout de canne sous sa redingote.

ÉVA, se levant.

Monsieur, qui êtes-vous?

PAUL, à part.

Ah! voilà.

EVA.

Je ne vous connais pas... mais que signifie?...

PAUL, s'inclinant.

Cela signifie, madame, pardonnez si je commence par un reproche, cela signifie que tout à l'heure, vous avez eu bien tort de me refuser votre porte... (Geste d'Éva.) Je n'ai que quelques mots à vous dire; mais il faut, pardon!.. je désire vivement que vous les entendiez... et comme je n'avais pas d'autre moyen de me rapprocher de vous, je suis monté par l'escalier de service; la porte était ouverte... la porte de la cuisine, madame!.. et... me voici!

SCHNUPPE, à part.

Oh! ces dailleurs!... quels indrigants!...

ÉVA.

Mais, monsieur, encore une fois, je ne vous connais pas.

PAUL.

C'est précisément pour me faire connaître.

ÉVA, à Schnuppe.

Mon ami... un service, je vous prie?.. Voulez-vous reconduire monsieur... (Saluant Paul.) par le grand escalier?...

PAUL.

Mais, madame!

ÉVA, saluant encore.

Par le grand escalier!... Elle rentre à droite.

SCENE X

SCHNUPPE, PAUL.

PAUL, interdit, à part.

Ah!... elle s'en va!... elle me laisse en tête-à-tête avec ce vieux singe!... Si elle croit que je vais... (Avec colère.) Partir! moi! après avoir eu l'humiliation de passer par sa cuisine!

Il arpente le salon à grands pas.

SCHNUPPE, à part.

Le regontuire!... il n'a bas l'air gommode.

PAUL, de même.

M'en aller?... à présent que je suis dans la place?...

SCHNUPPE, le suivant partout, à part.

Si je le regontuis, il va me retemanter sa ganne.

PAUL, de même.

Dix francs!... m'avoir fait offrir dix francs!

SCHNUPPE, de même, timidement.

Monsieur!... (Pas de réponse.) Monsieur! (Même jeu.) Monsieur!...

PAUL, brusquement.

Hein? plaît-il?...

Il s'assied.

SCHNUPPE, à part.

Il s'assied!... (Haut.) Matame de Melcy m'a prié...

PAUL.

De me mettre à la porte?... Je sais...

SCHNUPPE.

Non, te fus regontuire!

PAUL.

C'est la même chose.

SCHNUPPE.

A beu brès... bourdant regontuire est blus boli.

PAUL, *à part.*

Ah! elle ne me connaît pas !...

SCHNUPPE.

C'est chistement ce qu'elle dit... elle ne fus gonnaît bas...

PAUL.

Nous ferons connaissance.

SCHNUPPE, *s'asseyant près de Paul.*

Foyons, monsieur !... burquoi insisder?... matame a dud ce qu'il lui vaut.

PAUL.

A d'autres !... elle n'en ont jamais assez !

SCHNUPPE.

Buisque je fus assire que matame n'a pesoin te rien bur le moment!...

PAUL.

Ah !...

SCHNUPPE.

Elle bart tans huit chours bur Droufille, et, avant-hier, elle a gommandé à son dailleur hapiduel dudes ses toilettes bur la blage et le Casino.

PAUL.

Mais il y a autre chose : les bijoux, les diamants!...

SCHNUPPE, *à part.*

Dailleur et pijoudier !.. c'est un gombadriode. (*Haut.*) Oh! les pijoux !... elle les atore, mais elle en a drop !... Ainsi, mon garçon, si fus fulez sortir...

PAUL, *à part.*

Mon garçon ?... pour qui me prend-il?... Eh bien ! je me retire... à une condition! Vous allez me dire quel est l'être fortuné que l'amour ici protége?...

SCHNUPPE, *embarrassé.*

L'êdre fordunė que...

PAUL.

Oui... voyons, qui aime-t-elle, cette ravissante créature?... On aime ici, que diable ! Un prince russe?... un ténor?... un écuyer?... un homme de lettres?...

SCHNUPPE, *à part.*

Quel trôle de dailleur!... (*Haut.*) Monsieur, ce que fus me temantez là est t'une intisgrezion !... fus bénétrez tans la vie brivée. T'ailleurs, matame aime son mari!...

PAUL, riant.

Son mari?... Ah! ah! ah! L'avez-vous vu! vous?...

SCHNUPPE.

Non. Il est à New-York, mais il refiendra..

PAUL.

A Pâques ou à la Trinité.

SCHNUPPE.

Non, tans drois mois.

PAUL.

Vous croyez ça?

SCHNUPPE.

A moins qu'il ne vasse nauvrache!...

PAUL.

Ah! naïf Allemand, votre simplicité fait l'éloge de vos mœurs.

SCHNUPPE.

Oui, monsieur, je suis resdé bur... la cifilisation barisienne n'a bu m'enlefer ma ròpe t'innocence... Mais il ne s'achit bas te moi... Fulez-fus sordir?...

PAUL.

Je ne demande pas mieux... C'est vous qui me retenez... (Mouvement de Schnuppe.) Oui, en ne remplissant pas la seule condition que je mette à mon départ.

SCHNUPPE.

Ça n'est bas bossiple!

PAUL.

Alors, autre chose? Remettez à madame de Melcy ce petit objet... avec ma carte!...

Il lui remet un écrin et une carte.

SCHNUPPE.

Mais elle fa me meddre à la borde, dantis que c'est fus que je tois... (Lisant la carte.) Crant Tieu!...

PAUL.

Hein?... qu'avez-vous?

SCHNUPPE.

Paul de Wolkow!...

PAUL.

Oui.

SCHNUPPE

Sie sind deutsch?

PAUL.

Ia wohl!

SCHNUPPE.

Fon Wien?

PAUL.

Ia!

SCHNUPPE.

Ich auch!... (Il se jette dans les bras de Paul avec émotion.) Ah!... monsieur Baul?...

PAUL, le repoussant.

La!... bon Dieu!... calmez-vous, mon garçon!...

SCHNUPPE.

Fus afez une sœur?

PAUL.

Oui.

SCHNUPPE.

Matemoiselle Wilhelmine?...

PAUL.

Oui.

SCHNUPPE.

Je suis son fieux brovesseur te musique!...

PAUL, à part.

Ah!...

SCHNUPPE.

Quand j'édais à Fienne, je lui tonnais tes leçons dus les churs... C'était ma meilleure élèfe!... matemoiselle Wilhelmine m'atorait... Oui, monsieur Baul, elle m'atorait... et elle me vaisait mille varces... Un chur, tenez... un chur...

PAUL, paraissant se souvenir.

Monsieur Schnuppe?...

SCHNUPPE.

Moi-même!.. Il se jette encore dans les bras de Paul.

PAUL, le repoussant.

Ah! que je suis heureux de vous rencontrer... (A part.) ici surtout! (Haut.) Pauvre chère petite sœur, elle vous aime, allez!... Il s'assied.

SCHNUPPE, pleurnichant.

Fus groyez?

PAUL.

J'en suis sûr.

SCHNUPPE, de même.

Bauvre chère bedide sœur!... (Se reprenant.) non, chère matemoiselle!... je ne sais blus ce que je tis... Denez! je bleure gomme une pède!... Il s'assied près de Paul.

PAUL.

Calmez-vous, calmez-vous !... Quand je l'ai quittée, il y a un mois, pour venir ici comme attaché d'ambassade, elle m'a chargé d'un tas de choses pour vous... Hier encore, dans une de ses lettres...

Il fait semblant de chercher dans ses poches.

SCHNUPPE.

Tans une de ses leddres ?...

PAUL.

Je croyais l'avoir sur moi...

SCHNUPPE.

Ça ne vait rien... tides duchurs !...

PAUL.

Elle m'écrivait ceci... en post-scriptum...

SCHNUPPE, avec attendrissement.

En bosd-scribdum !... Ah ! qu'elle est ponne !...

PAUL, avec un peu d'embarras.

« Maintenant que tu es à Paris... »

SCHNUPPE.

Maindenant que du es à Baris ?...

PAUL, de même.

« Il faut à tout prix que... tu découvres mon bon Schnuppe, mon... excellent Schnuppe... »

SCHNUPPE.

Elle a mis cela ?.. son pon Schnuppe... son excellent Schnuppe ?...

PAUL.

« Je veux avoir de ses nouvelles... »

SCHNUPPE.

Bas bossiple ?...

PAUL, se levant.

Mais si... C'est la phrase textuelle... (A part.) Hum !... hum... hum !...

SCHNUPPE, se levant.

Prafe temoiselle !... Fus lui égrirez temain et fus lui tirez...

PAUL.

Oui, oui, nous causerons de cela... Vous viendrez me voir...

SCHNUPPE, à part.

Et Mateleine qui l'afait bris bur un dailleur !.. elle est drod pêde... je ne l'ébuserai bas. (Haut.) Et c'est fus que madame m'a chargé te meddre à la borde?.. fus, le vrère te matemoiselle... Chamais!... chamaís!...

PAUL.

Je vais vous éviter cette peine... en m'y mettant moi-même. Au revoir!... à bientôt! N'oubliez pas ma carte... et le reste!... A bientôt!... *Il sort par le fond.*

SCÈNE XI

SCHNUPPE, *seul, courant après lui.*

Oui, à pientôt!.. Le foilà bardi?.. il gourt gomme sa sœur... Prafe jeune homme!.. aimaple vamille! (*Redescendant la scène.*) Mais gomment me direr t'avvaire?.. j'étais chargé te le meddre à la borde.... et maindenant, je suis chargé te remeddre cette garde et cedde pedide poîde à la tame qui m'a-fait chargé de le regonduire... je ne bufais bas revuser ma meilleure élèfe... à Baris... et je ne bufais bas non blus revuser le vrère de ma meilleur élèfe... à Fienne... Gomment vaire?... si elle se vâche, elle va me meddre à la borde à mon dur... (*Comme frappé d'une idée subite.*) Ah! foilà!... je tépose la garte et la poîte sur la dable... la poîde dessus... la garte dessous, il fautra pien qu'elle les aberçoive... (*Il exécute ce qu'il dit.*) et je ne serai bas gombromis... Qu'est-ce qu'elle renverme, cedde pedide poîde?... tes tragées sans tude!... matame ne beut bas se vâcher bur tes tragées... (*Entendant à la porte de droite Éva qui s'avance.*) Oh! la foici!... vaisons bonne gontenance!...

SCÈNE XII

SCHNUPPE, ÉVA

ÉVA, *entrant.*

Eh bien! c'est fait?...

SCHNUPPE.

Oui, madame, c'est vait.

ÉVA.

Sans vous, je ne sais vraiment pas comment je me serais débarrassée de ce monsieur... Quelle impertinence!...

SCHNUPPE.

Heu !... heu !...

ÉVA.

Vous dites?

SCHNUPPE.

Je tis... cerdainement, ce n'est pas gendil de s'introtuire chez une tame sans afoir l'honneur de la gonnaître... Aussi le baufre jeune homme n'a-d-il bas darté à regredder son autace... C'est alors, matame, que j'ai fu que c'édait un jeune homme tu monde et au lieu te le brendre bar le gollet, je l'ai bris bar la douzeur... il a égouté mes remontrances, et elles lui ont baru si chistes, qu'il est bardi en me remerziant et me zerrant la main.

ÉVA.

Je ne vous savais pas si persuasif, si éloquent.

SCHNUPPE, avec une prétention comique.

Un brovesseur te musique ne toid-il bas s'entendre à rétaplir l'harmonie? (A part.) Prafe garçon !...

ÉVA, se rapprochant de la table où Schnuppe a déposé la carte et l'écrin.

Vous le plaignez ?

SCHNUPPE, embarrassé.

Oui, non... c'est-à-tire... Je le blains, sans le plaindre. (Il se rapproche de la table et épie avec anxiété le moment où Eva va apercevoir l'écrin et la carte.) Mais... gomme il n'est pas pêde et que ce n'est bas un voleur... oh ! j'en rébonds !... il tefait, bur sûr, afoir quelque chose à fus tire... que fus n'avez pas fulu endentre...

ÉVA, s'asseyant près de la table de l'autre côté de laquelle se trouve Schnuppe.

Encore un peu, et vous allez me prouver que c'est moi qui ai commis une impertinence en ne lui offrant pas un fauteuil, en ne le retenant pas à dîner ?

SCHNUPPE.

Oh ! je ne tis bas ça... fus exachèrez ?...

ÉVA, apercevant l'écrin sur la table.

Qu'est-ce que cela ?...

SCHNUPPE, à part.

Bincé !... Je suis bincé !... (Haut, avec indifférence.) Qu'est-ce que cela, quoi ?

ÉVA, montrant l'écrin.

Ceci ?...

SCHNUPPE, de même.

Ceci ?... je ne sais bas... Burtant, si mes yeux ne me drompent bas, c'est une pedide poîde en velours pleu.

ÉVA, prenant l'écrin et l'ouvrant vivement.

Ah !

SCHNUPPE, à part.

Je suis bien bincé !...

ÉVA.

Des pendants d'oreilles en diamants !... (Regardant Schnuppe.) Que signifie ?...

SCHNUPPE, très-agité.

Matame, je fus chure... je groyais que c'était tes tragées... tes bedides tragées.

ÉVA, apercevant la carte.

Une carte !... Celle de monsieur, sans doute ? ..

Elle la lit.

SCHNUPPE.

Oui, celle de...

ÉVA.

Ah ! tant mieux !... Vous allez immédiatement reporter cet écrin à l'adresse qu'elle indique... et vous direz à... ce monsieur... qu'il s'est grossièrement trompé...

SCHNUPPE.

Oui, matame...

ÉVA.

Ah ! pardon, monsieur Schnuppe, je vous dois huit cachets... En voici le prix. Elle lui donne deux billets de banque.

SCHNUPPE, désolé.

Matame ne brendra blus te leçons ?

ÉVA.

Non...

SCHNUPPE, d'un air navré.

Ah ! matame, si j'afais su !... mais ce n'est bas ma vaute, allez ! monsieur de Wolkow est mon gombadriode... Bur le meddre à la borde, il a vallu causer... et en causant, j'ai abbris qu'il édait le frère de Wilhelmine.

ÉVA.

Wilhelmine ?

SCHNUPPE.

Fus ne gonnaissez bas matemoiselle Wilhelmine ?...

ÉVA.

Je n'ai pas cet honneur.

SCHNUPPE.

Un bedit diable, matame! Quand j'édais à Fienne, je lui tonnais tes leçons te musique... C'édait ma meilleure élèfe... (Se reprenant.) à Fienne... gar ici, je sais bien qui édait ma meilleure élèfe... un chur, tenez!... un chur...

ÉVA, dédaigneusement.

Oh non! pas d'anecdote!...

SCHNUPPE.

Alors, en éfoguant tus ces sufenirs, Fienne, ma gère badrie, matemoiselle Wilhelmine, j'ai bleuré gomme une pède... et monsieur Baul a brovidé de mon émotion bur me laisser ces teux obchets endre les mains... Ah! matame, je ne les aurais bas bris, si je n'avais bas gru que c'était tes tragées... tes bedides tragées?...

ÉVA, à moitié attendrie, à part.

Pauvre homme, plus bête que méchant! (Haut.) Je ne vous en veux pas, monsieur Schnuppe... Seulement, je ne paraîtrai pas dans ce concert, et dès lors vos visites...

SCHNUPPE, très-triste.

Je comprends, matame, je le regredde, mais je gombrends... (Prenant son chapeau.) Je me redire. (A part.) Baufre Mateleine, je crois bien qu'elle n'abbrendra jamais le piano! (Haut.) Je me redire... Adieu, matame!

ÉVA.

Adieu, monsieur!...

SCHNUPPE, se dirigeant vers a porte du fond.

Atieu, matame!... (Sur le seuil, à part.) Atieu, Mateleine! Atieu bur tuchurs!... Il sort.

SCÈNE XIII

ÉVA, seule, puis MADELEINE.

Ah! je respire!... ne plus voir cet homme, complice involontaire... de l'autre, ça me soulage!... sa présence m'eût rappelé sans cesse une sotte aventure... qu'il me sera ainsi facile d'oublier... (Vivement. — Regardant la pendule, elle sonne.) Je vais aller faire un tour au Bois... ça me remettra tout à fait...

MADELEINE, entrant de gauche.

Madame a sonné ?...

ÉVA.

Dites à Germain d'atteler pour trois heures un quart...

MADELEINE.

Bien, madame !

ÉVA.

Dans un instant vous viendrez m'habiller.

MADELEINE.

Oui, madame ! *Elle sort.*

ÉVA, seule, un peu rêveuse.

Il n'est ni beau, ni bien, ni mal, cet impertinent !.. Je l'ai à peine vu, du reste... c'est encore trop !... Attaché d'ambassade !... si j'allais le rencontrer l'hiver prochain dans le monde... s'il me demandait une valse !... (*Vivement.*) Oh ! je refuserais, par exemple !... (*S'imitant elle-même.*) « Mille regrets, monsieur ! je ne valse qu'à trois temps. » (*Avec effroi.*) Mais s'il valsait aussi, à trois temps ?... (*Paul entre de droite, d'un air fort calme. L'apercevant et poussant un cri.*) Ah !... *Paul s'avance.*

SCÈNE XIV

ÉVA, PAUL.

ÉVA.

Encore vous, monsieur ?

PAUL.

Encore moi, oui, madame.

ÉVA, furieuse.

Ah ! pas pour longtemps, je suppose !...

Elle se dirige vivement vers un cordon de sonnette.

PAUL, se plaçant devant elle.

Qu'allez-vous faire ?

ÉVA.

Vous le devinez bien, puisque vous m'en empêchez ?

PAUL, d'un ton de reproche.

Sonner Madeleine pour lui dire de me mettre à la porte ?

ÉVA.

Enfin, monsieur, si vous ne voulez pas que je dérange ma femme de chambre...

PAUL, d'un ton dégagé.

Non, c'est inutile.

ÉVA.

Veuillez vous retirer!

PAUL.

Encore?.. Ah! vous n'êtes pas aimable!...

ÉVA, avec fierté.

Monsieur!...

PAUL.

Madame, avez-vous vu jouer *le Piano de Berthe?...* Il y a dans ce *Piano*... pardon, dans cette jolie petite pièce, un monsieur Frantz que ladite Berthe met cinq ou six fois à la porte... Le pauvre diable se laisse reconduire jusqu'au seuil, mais il ne le franchit pas... Il se promène de l'antichambre au boudoir, du boudoir au salon, du salon à la salle à manger, de la salle à manger à... bref...

ÉVA.

Inutile de me raconter la pièce.

PAUL.

Comme M. Frantz je me suis embrouillé à dessein dans le dédale de vos appartements, mais je vous ferai remarquer, madame, que je n'ai point insulté le portrait de M. de Merville, cassé vos potiches, fumé dans votre salon...

ÉVA.

Ah! combien je vous remercie!...

PAUL.

Vous raillez?... Mon Dieu! vous êtes chez vous, je devais m'attendre.... cependant, j'espérais que... présenté par mon vieil ami Schnuppe... l'inconnu de tantôt serait accueilli d'une autre manière.

ÉVA.

Que voulez-vous dire?

PAUL.

Ne vous a-t-on pas remis... ma carte?

ÉVA.

Oui, monsieur.

PAUL, avec embarras.

Ma carte... et...

ÉVA.

Et...

PAUL, de même.

Il ne vous a pas remis autre chose?...

ÉVA, très-hautaine.

Non, monsieur, non!... Que pouvait-il avoir?...

PAUL, à part.

Il n'aura pas osé, l'imbécile !...

ÉVA.

Enfin, monsieur, avouez que j'ai de la patience et daignez m'en tenir compte !... Quand vous voudrez ?...

Elle lui montre la porte.

PAUL.

M'en aller !... vous vous imaginez que je vais... avant de vous avoir dit... Ah ! mais non, par exemple !...

ÉVA, à part.

Je n'y tiens plus !...

PAUL, se rapprochant d'elle.

Madame, je suis étranger, vous le savez... Depuis un mois seulement, j'habite Paris... j'ignore les subtilités de la langue française. Ne m'en veuillez pas, je vous prie, si quelque expression m'échappe...

ÉVA, se reculant avec terreur.

Monsieur, je ne veux rien entendre...

PAUL, la suivant, à part.

C'est ce que nous allons voir? (Haut.) Madame, depuis un mois, tous les jours, entre quatre et six, je vous rencontre au Bois... Dès le premier jour, je vous distinguai entre les jolies femmes qui viennent parader autour du lac... vous étiez ravissante ! votre grâce, votre beauté, je ne sais quel charme vaporeux qui se dégageait de toute votre personne, captivèrent mes yeux, enchaînèrent mon âme, y laissèrent une trace ineffaçable... Les jours suivants, fidèle à mon poste, je vous revis encore, gracieuse, souriante et toujours seule !... Les hommes s'extasiaient devant votre beauté, les femmes enviaient vos toilettes, et moi, nouveau venu dans ce paradis de l'élégance, de luxe et de plaisir, je me sentais attiré vers vous par un aimant mystérieux... J'essayai de me distraire... ce fut en vain... je voulus recueillir quelques renseignements... (Mouvement d'Éva.) personne ne vous connaissait... on me dit donc beaucoup de mal de vous... La grande Rébecca prétendit que votre épuipage se paye au mois... quand il se paye !... La petite Lolo raconta que son tailleur, le même que le vôtre, avait pris près d'elle quelques informations sur votre solvabilité... (Nouveau mouvement d'Éva.) Mensonge! imposture! mais tout cela servit à me convaincre que ces demoiselles voyaient en vous une rivale redoutable!...

ÉVA, à part.

Il me prend pour?... (Avec honte.) Oh!...

PAUL, continuant.

Une rivale! tant mieux! quelle autre conquête pouvais-je rêver plus précieuse?... une femme comme vous, coquette, pleine de chic, pardon du mot! et pas trop difficile à attendrir!... ah! ma résolution fut bientôt prise : je jurai de me rapprocher de vous à tout prix!

ÉVA, à part.

A tout prix!... ça mérite une leçon!... il l'aura!...

PAUL.

Et voilà pourquoi, madame, ne connaissant aucun de vos amis qui pût me présenter, j'ai débuté par une extravagance... m'en voulez-vous encore?...

ÉVA, changeant de ton avec coquetterie.

Comment, si je vous en veux encore? mais oui, monsieur, je vous en voudrai toujours! Forcer ma porte, corrompre ma femme de chambre, vous promener chez moi comme en pays conquis et me tenir à brûle-pourpoint un pareil langage!..

PAUL.

C'est de la franchise. Entre gens qui comprennent tout à demi-mot, n'aimez-vous pas mieux cela?... au lieu de vous faire la cour à distance par l'entremise du facteur et du fleuriste, j'ai préféré la voie la plus directe, la plus sûre...

ÉVA.

Celle du bijoutier?...

PAUL, avec embarras.

Oui... non... en effet... j'étais passé chez Perrée... on devait vous remettre... mais on n'a pas osé...

ÉVA, appuyant sur les mots.

On a osé... c'est même pour cela que j'ai prié M. Schnuppe de vous renvoyer votre écrin et de ne plus remettre les pieds chez moi.

PAUL.

Vous l'avez chassé?...

ÉVA.

Avec tous les honneurs dus à sa complaisance!

PAUL.

Pauvre bonhomme! c'est moi qui suis cause...

ÉVA.

Voyons, pouvais-je, avant de savoir à qui j'avais affaire, accepter?...

PAUL, moins respectueux.

Vous êtes adorable!... Ah! tenez, chère enfant, j'étais venu ici avec l'intention de ne pas prendre le chemin des écoliers pour arriver à votre bon petit cœur... Mon Dieu! à Vienne comme à Paris, Cupidon voyage en train express!.. Mais à présent que vous avez daigné m'entendre, je suis plus que jamais prêt à tomber à vos genoux, et à y attendre sans me plaindre, tout le temps qu'il vous plaira, un regard, un sourire, une promesse, une espérance!... Vous ne répondez pas?...

SCÈNE XV

Les Mêmes, MADELEINE.

MADELEINE, entrant du fond, des papiers à la main.

Madame, je viens... (Apercevant Paul.) Ah! le jeune homme de tantôt!.. Comment? lui? ici? mais par où?...

PAUL, à part.

La maladroite!...

ÉVA.

Que voulez-vous?...

MADELEINE, interloquée.

Madame m'avait dit de venir l'habiller...

ÉVA.

C'est inutile... je ne sors pas...

MADELEINE, de même.

Madame ne va pas au Bois?

ÉVA.

Non!..

MADELEINE.

Ah!

ÉVA.

Sortez!

MADELEINE.

Bien, madame !... (Se rapprochant d'Éva et baissant la voix.) Voici deux notes qu'on vient d'apporter... le bijoutier et le tailleur de madame !...

ÉVA, à part.

Parfait !... (Bas, à Madeleine.) Dites-moi cela très-haut.

MADELEINE.

Ah !

ÉVA, bas.

Dites !... mais dites donc !...

MADELEINE, bas.

Voilà, madame, voilà !... (Parlant très haut.) Madame, voici deux notes qu'on vient d'apporter... le bijoutier et le tailleur...

ÉVA.

Ah ! déjà ?... Donnez !... (Elle prend les notes. — Lisant.) « Six mille, sept mille !... » cela fait treize... vilain chiffre !... n'est-ce pas, monsieur de Wolkow, que ce nombre treize a quelque chose de... un je ne sais quoi...

PAUL.

Vous êtes superstitieuse ?...

ÉVA.

Oh ! énormément. Il me semble que, si je ne payais pas sur-le-champ ces deux notes, cela me porterait malheur... et je ne veux pas qu'une catastrophe... le jour où j'ai le plaisir de vous voir pour la première fois...

Elle est allée vers un secrétaire et l'a ouvert.

PAUL, se précipitant vers elle.

Que faites-vous ?

ÉVA.

Vous le voyez !...

PAUL, vivement.

Je ne souffrirai pas...

ÉVA, à part.

Allons, du courage !... (Haut.) Ah ! si vous le prenez sur ce ton-là, je n'ai rien à vous refuser.

PAUL.

Je prends acte du mot... Madeleine !...

MADELEINE.

Monsieur ?...

PAUL, écrivant un mot sur une page de son carnet et la déchirant pour la remettre à Madeleine.

Vous remettrez ce bon à ces messieurs...

MADELEINE.

Bien, monsieur. (A part.) Ah! bah!...

PAUL, à part.

C'est égal, c'est un peu raide pour un début!

MADELEINE, à part.

Dans quel monde me suis-je fourrée! comme madame cachait son jeu!... Elle sort.

SCENE XVI

PAUL, ÉVA.

ÉVA.

En vérité, j'agis peut-être avec trop de sans-façon.

PAUL.

Ne parlons plus de cela, je vous en prie... A quoi vous servirait d'être... si jolie, si votre radieuse beauté n'était encore rehaussée par son cadre naturel, la toilette et les bijoux?...

ÉVA, s'asseyant et prenant une broderie.

Vous êtes galant... comme un étranger.

PAUL, s'asseyant près d'elle.

Auriez-vous à vous plaindre de vos compatriotes?

ÉVA.

Eh bien! que faites-vous?

PAUL.

Je me rapproche... de Paris... nous pourrons ainsi parler à voix basse...

ÉVA.

Oh! vous pouvez parler sans crainte... Madeleine m'est très-dévouée... et puis... nous ne serons pas dérangés... Ce n'est pas l'heure à laquelle on vient...

PAUL.

L'heure à laquelle?...

ÉVA, d'un ton très-naturel.

A laquelle on vient.

PAUL.

On vient?... (Mouvement de tête affirmatif d'Éva.) Qui, on?

ÉVA.

Oh! mon Dieu! voilà que vous me faites des questions!... des questions!... j'espérais que, grâce au tact lequel vous avez deviné en moi, dans la foule, une femme... affranchie, une rivale des Rebecca et Lolo, vous m'éviteriez... une confidence toujours pénible... Voyons ! comment pouvez-vous supposer qu'à moins de faire de la fausse monnaie, mon appartement, mon train de maison, mon luxe extérieur, en un mot les ruineux caprices d'une femme à la mode... Ah ! si nouveau que vous soyez dans la vie parisienne, je ne puis croire que vous ignoriez... (Elle rit.) Ah ! ah ! ah ! ah ! (A part.) Pauvre garçon !... (Avec dépit.) Ah ! il m'a prise pour...

PAUL, très-sérieux.

Madame, je ne m'attendais pas... je vous assure...

ÉVA.

Comment ?... vous ne vous attendiez pas ?... Vous pensiez que ma fortune personnelle ?...

PAUL, étourdi.

Je pensais... je ne sais pas ce que je pensais.... Au fait, je n'avais pas songé à cela.

ÉVA.

C'est pourtant la seule chose sérieuse !...

PAUL.

Mais cela ne peut être... je vous aime, madame, de toute la force de mon cœur, et je ne permettrai pas...

ÉVA.

Déjà ?

PAUL.

Pardon !.. je ne sais ce que je dis.

ÉVA.

Vous seriez jaloux ?...

PAUL.

Oh ! oui !

ÉVA.

Vous me feriez perdre ma position, voilà tout.

PAUL.

Que m'importe ?... l'amour ne calcule pas !...

ÉVA.

Merci bien ! vous êtes bon pour moi... Voyons, mon ami, mon cher Paul !... si je vous disais : Ce « on », ce terrible « on » est laid et n'a plus votre âge... depuis longtemps... mais il est bon... comme ses millions... et il paye fort cher le droit de venir s'asseoir une heure par jour dans l'un de ces fauteuils... (Montrant la porte de sa chambre.) Son pouvoir expire au seuil de cette porte... c'est un ami... rien de plus... si je vous disais cela, me croiriez-vous?

PAUL.

En me regardant ainsi, vous me feriez croire...

ÉVA

Tout ce que je voudrais. Eh bien ! je le veux... (Avec abandon.) Je vous en prie, Paul !... Laissez-moi ménager ce malheureux... ne me compromettez pas, et...

PAUL.

Et?

ÉVA.

Vous me demandez la fin de la phrase?...

SCÈNE XVII

Les Mêmes, MADELEINE.

MADELEINE, entrant du fond.

Madame?

ÉVA.

Qu'est-ce encore?

MADELEINE.

Madame, c'est ce pauvre monsieur Schnuppe.

ÉVA.

Monsieur Schnuppe?... (A part.) A merveille!...

MADELEINE, de même.

Il n'a qu'un mot à dire à madame, il la supplie de le recevoir.

ÉVA, de même.

Faites-le entrer... dans deux minutes... Seulement, quand il entrera, vous annoncerez à haute voix « Le prince Gagaroff!... »

MADELEINE, étonnée, même jeu.

Le prince Gaga...

ÉVA, même jeu.

Roff... le prince Gagaroff... retenez bien ce nom-là.

MADELEINE.

Oui, madame. (A part.) Mais qu'est-ce que tout cela veut dire?... Où allons-nous, bon Dieu? Elle sort.

SCÈNE XVIII

LES MÊMES, puis MADELEINE et SCHNUPPE.

ÉVA, revenant vers Paul.

Mon ami, vous me pardonnerez!... mais j'ai une grâce à vous demander...

PAUL.

Laquelle?...

ÉVA.

Vous ne vous fâcherez pas?... A l'avenir je m'arrangerai pour que cela n'arrive plus...

PAUL.

Quoi donc?

ÉVA.

Vous comprenez! je ne pouvais pas prévoir... ce n'est pas l'heure à laquelle on vient.

PAUL, vexé.

Ah! c'est ce monsieur, rassurez-vous, je me retire!...

ÉVA.

Non pas, oh! non pas!... je vais le garder dix minutes... je prétexterai une névralgie. — Du reste, caché là, chez moi... (Elle montre la porte de sa chambre.) vous ne le verrez pas... vous n'entendrez rien...

PAUL.

Ah! c'est la première fois...

ÉVA.

Et la dernière, je vous jure!...

PAUL.

Mais...

ÉVA.

Je vous en prie!...

MADELEINE, ouvrant la porte du fond et annonçant.

Le prince Gagaroff!...

On aperçoit Schnuppe qui s'arrête interdit sur le seuil en entendant ce nom et on le voit parler par pantomime à Madeleine.

ÉVA, vivement.

Vous me perdez... Entrez vite, entrez!...

Elle pousse Paul par la porte de droite.

SCHNUPPE, sur le seuil de la porte à Madeleine.

Le brince Cacaroff!... quelle est cedde blaisanderie?

Madeleine répond par gestes qu'elle n'en sait rien... Schnuppe entre d'un air fort embarrassé, en apercevant Éva. Madeleine referme la porte et sort.

SCÈNE XIX

ÉVA, SCHNUPPE.

ÉVA, allant au devant de Schnuppe.

Ah ! c'est vous, cher prince ?.. Comme c'est aimable d'être venu ! Je ne vous attendais pas !

SCHNUPPE, très-étonné, à part.

Ger brince ?.. Elle aussi !... (Haut.) Mais, matame...

ÉVA, bas.

Ne vous étonnez de rien... seulement changez votre voix... parlez-moi russe.

SCHNUPPE, bas.

Que je jange ma foix et que je fus parle russe? Je beux janger ma foix, mais je ne beux pas barler russe.

ÉVA, de même.

Parlez russe en français.

SCHNUPPE, de même.

Teux langues à la fois !... je ne burrai jamais...

ÉVA, de même, impatientée.

L'accent russe... en répondant à tout ce que je vais vous dire... comprenez-vous ?...

SCHNUPPE, de même.

Oui, je gomprends, mais je ne burrai jamais... (A part.) Mon Ticu ! ma meilleure élèfe est volle !

ÉVA, haut.

Ah ! cher prince, si vous saviez quelle atroce névralgie !... Ah ! je souffre !...

SCHNUPPE, à part.

Ger prince !... engore ! (Haut.) Matame !...

EVA, bas.

Appelez-moi chère amie !...

SCHNUPPE, bas.

Hein ?...

ÉVA, de même.

Ajoutez *donc*, *déjà*... à toutes vos phrases et appelez-moi chère amie.

SCHNUPPE, de même.

Que, moi, je me bermedde te fus abbeler : gère amie ?...

ÉVA, de même, impatientée.

Oui, allez donc!...

SCHNUPPE, riant bêtement.

Donc!... déjà!... non, je n'oserai jamais...

ÉVA, même jeu.

Puisque je vous en prie!...

SCHNUPPE, haut, tirant un louis de sa poche.

Eh pien! ma gère amie, donc déjà, dandôt, bur brix te mes leçons, dont fus m'afez tonnné vingt francs te drop et je fus les rapporte déjà. Il lui présente le louis.

ÉVA, vivement.

Imbécile!... (Soubresaut de Schnuppe. — Très-haut.) Ah! comme vous êtes bon d'avoir pensé à moi!... et de m'apporter ces vingt mille francs!...

SCHNUPPE.

Hein?..fingt mille vrancs!...mais non, j'ai tit fingt vrancs?..

ÉVA, lui faisant signe de se taire et continuant.

Justement, j'étais un peu gênée aujourd'hui et comme un malheur n'arrive jamais seul, mon tailleur et mon bijoutier m'ont envoyé ce matin leur notes...

SCHNUPPE, à part.

Je feux murir, si je gombrends un mod... ma meilleure élèfe est volle!...

ÉVA.

Grâce à vous, je vais pouvoir payer ces gens... Dix-neuf mille francs!...

SCHNUPPE, interloqué.

Tix-nèuf mille vrancs! donc, déjà?

ÉVA.

Les deux!... (Bas.) Parlez donc russe...

SCHNUPPE, conservant son accent, mais se remettant à arpenter le salon à grands pas. A part.

Engore! je ne vais que ça... (Haut.) Mais, ma pelle amie, fus me ruinerez donc, déjà, ma vordune ne burra pas suvire à dudes fos brotigalidés!.. donc, déjà.

ÉVA, à part.

Bravo! bravo!

SCHNUPPE, de même.

Oui, ma suberpe amie, je feux pien subfenir à fos bedits pesoins, donc, mais je ne feux pas bayer dudes les bêtises que fus vaides gez le pichoudier et gez le daillcur...

ÉVA.

Donc!...

SCHNUPPE.

Déjà!

ÉVA.

Ah! prince, vous récompensez bien mal la façon délicate dont je me conduis avec vous...

SCHNUPPE, s'oubliant.

La vaçon téligate?... oui, barlons-en! Donc, déjà... Dandôt, ne m'afez-fus bas mis à la borde en me tonnant mon gompde?

ÉVA, lui faisant signe se de taire.

J'étais souffrante... maussade.. Cette maudite névralgie qui commençait... mais vous savez bien que vous pouvez toujours venir à l'heure qu'il vous plaît...

SCHNUPPE, avec joie.

Oh! je fus remercie! je refiendrai tès temain!... fus èdes si ponne!... déjà...

ÉVA, s'asseyant.

Oh! oui, je suis bonne... Mais aujourd'hui, cette odieuse migraine... allez-vous-en, mon ami!... j'ai besoin de repos.

SCHNUPPE.

C'est ça... rebosez-fus!... donc... tormez pien! Atieu, ma gère amie! déjà.

ÉVA.

Vous partez ainsi, sans m'embrasser?...

SCHNUPPE, à part.

Oh! oh! (Haut.) Fus fulez aussi que je vous emprasse?...

ÉVA.

Sans doute!... embrassez-moi, autrement je croirais que vous vous en allez fâché.

SCHNUPPE, s'approchant.

Ne groyez bas cela! *Il va pour embrasser Éva.*

ÉVA, le repoussant, bas.

Faites semblant!...

SCHNUPPE, étonné.

Ah! que je vasse?... c'était bur rire? donc, déjà. (A part.) Je le recredde... elle me met l'eau à la puche... (Imitant le bruit d'un baiser sur la main.) Atieu, gère bedide!... Atieu!... donc.

ÉVA.

Adieu, cher prince.

SCHNUPPE.

Atieu, ma gérie... donc, déjà. (A part.) Je fais redruffer Mateleine... *Il sort par le fond.*

SCÈNE XX

ÉVA, puis PAUL.

ÉVA, seule.

Je crois qu'il en a assez entendu comme cela... s'il n'est pas guéri !... (*La porte de droite s'ouvre ; Paul paraît ; il est pâle et triste.*) Le voici !... (*Haut.*) Ah ! c'est vous, mon ami ?... (*Se levant et allant vivement vers lui.*) Je suis désolée de vous avoir fait prisonnier si longtemps... mais je vous jure bien que si j'avais pu ne pas le recevoir... (*Voyant que Paul la regarde et ne lui répond pas.*) Qu'avez-vous ?... Vous êtes tout pâle ?... Auriez-vous entendu ?...

PAUL.

Oui, madame.

ÉVA, *avec un dépit disimulé.*

Ah ! c'est mal ! c'est très-mal, je n'aurais pas cru qu'un homme bien élevé pût se permettre. .

PAUL, *souriant avec amertume.*

D'écouter aux portes ?... En effet, cela ne m'arrivera plus... ce que je viens d'entendre... vingt fois l'idée m'est venue de m'élancer et de dire à ce malheureux vieillard... à ce pauvre prince...

ÉVA, *d'un ton très-net.*

Ah ! mon cher, pas de morale, je vous prie ! si vous ne vous sentez pas le courage d'accepter cette situation, vous pouvez sortir... Ce n'est pas moi qui suis allée vous chercher !... mais pour rien au monde je ne romprai avec Gagaroff...

PAUL.

Ah ! vous jetez le masque ?

ÉVA, *de même.*

Oui, j'aime les positions nettes.

PAUL.

Vous, vous, qu'au milieu des autres, j'avais prise pour une femme exceptionnelle, capable de faire le bonheur d'un galant homme, vous que j'avais prise pour un ange !...

ÉVA, railleuse.

Un ange du lac !

PAUL.

Je ne puis croire encore à tant de rouerie ? Non, il me semble que je viens de faire un mauvais rêve... (Avec fermeté.) mais je me reveille et je m'aperçois que je ne suis pas né pour ces aventures... je vous aurais rencontrée dans d'autres circonstances, que votre beauté exerçant sur moi la même fascination, j'eusse essayé, comme aujourd'hui, je le sens là ! d'enchaîner ma vie à la vôtre... mais à présent, je suis guéri... oh ! bien guéri !

Il prend son chapeau.

ÉVA, à part.

Il s'en va ?... (Haut.) Mais si je n'étais pas ce que vous me croyez ?... Si, ne pouvant me débarrasser de vous, et pour donner à votre impertinence une leçon bien méritée, j'avais joué une comédie ?...

PAUL.

Une comédie !... quelque bonne actrice que vous soyez...

ÉVA.

Vous me flattez !...

PAUL.

Jouer si bien un rôle, sans le connaître à fond ?

ÉVA.

Merci !... Eh bien ! c'est ce qui vous trompe !... aujourd'hui... c'est triste, je l'avoue... vos Rebecca et Lolo s'habillent comme nous, ou nous nous habillons comme elles... c'est le contraire, mais c'est la même chose... A qui la faute ?... A la mode !... ces demoiselles font la mode, nous la suivons. Vous, monsieur, à mes toilettes peut-être un peu extravagantes, vous m'avez prise pour une demi-mondaine... exceptionnelle, je le veux bien ; le mot est de vous ! vous vous êtes trompé, voilà tout ; je suis une femme honnête, et le prince Gagaroff n'existe pas.

PAUL.

Vous me voyez tout troublé... à la façon dont vous dites ces choses-là... je ne sais... (Vivement.) Oh ! non, c'est impossible.

ÉVA, sonnant.

Ah ! vous ne vous rendez pas ?... Vous êtes difficile à convaincre.

SCÈNE XXI

LES MÊMES, MADELEINE.

MADELEINE, du fond.

Madame a sonné ?

ÉVA, riant.

Envoyez Germain chez le prince Gagaroff!... qu'il le prie de passer ici tout de suite.

MADELEINE, très-timide.

Madame, c'est que...

ÉVA.

Quoi ?

MADELEINE, de même.

Le prince Gagaroff n'est pas encore parti... il me tenait compagnie dans l'antichambre...

PAUL.

Dans l'antichambre !...

ÉVA, à Paul.

La, vous voyez ! (A Madeleine.) Faites-le entrer !...

Madeleine rouvre la porte du fond, reste sur le seuil et fait signe à Schnuppe d'approcher.

MADELEINE, à Schnuppe qu'on ne voit pas.

Prince, on vous demande !...

SCÈNE XXII

LES MÊMES, SCHNUPPE.

SCHNUPPE, au dehors, à Madeleine.

Tuchur, engorc ?... cedde blaisanderie... (Paraissant.) Je suis brince, et je n'ai bas les pénévices te la siduadion.

PAUL, étonné.

Monsieur Schnuppe ?...

ÉVA.

Lui-même !...

PAUL.

Ah ! le misérable !... il m'a fait une peur !...

Éva va vers son secrétaire, y prend des billets de banque et les met dans un petit portefeuille.

SCHNUPPE, apercevant Paul.

Monsieur Baul ici ?...

PAUL.

Oui, cela vous étonne?...

SCHNUPPE.

Un beu... je l'afoue... mais je ne suis bas vâché te fus trufer... (Lui remettant l'écrin.) Foici guelgue chose que je fus brie te vaire barfenir te ma bart à matemoiselle Wilhelmine.

PAUL, prenant l'écrin.

Ah! très-bien! (A part.) Allons, ce sera pour Rébecca ou Lolo!...

SCHNUPPE.

Ah! audre chose!... Fus qui safez tud, burriez-fus me tir burquoi Mateleine et matame de Melcy s'opsdinent à m'abbeler brince?... je ne beux bas gombrentre...

PAUL, très-embarrassé.

Une plaisanterie!...

Schnuppe retourne vers Madeleine.

ÉVA, s'approchant de Paul.

Qui doit avoir une fin... Monsieur de Wolkow, voulez-vous me permettre, en souvenir de la façon dont nous avons fait connaissance, de vous offrir ce petit portefeuille?...

PAUL, prenant le portefeuille.

Brodé à votre chiffre!... Mais, madame!...

ÉVA.

Je suis veuve...

PAUL, à part.

Ah!

ÉVA.

Et je ne dépends de personne... vous pouvez accepter...

PAUL, saluant.

Quand me sera-t-il permis de vous revoir?...

ÉVA, saluant.

Tous les jours, entre quatre et six, autour du lac!...

SCHNUPPE.

Allons! Mateleine abbrendra le biano!...

FIN.

Clichy. — Impr. M. Loignon, Paul Dupont et Cie, rue du Bac-d'Asnières, 12

www.ingramcontent.com/pod-product-compliance
Ingram Content Group UK Ltd.
Pitfield, Milton Keynes, MK11 3LW, UK
UKHW021212230726
13926UKWH00001B/479